ひとしずく

今明さみどり

JN073939

カバー絵・挿絵
あきこ屋
カバーデザイン
黒丸 健一 (homesickdesign)

これは、小さな小さな、とてつもなく小さな、あるひとしずくの物語。

ひとしずく？　それってこれから登場する人物の名前かって？

いいえ、ひとしずくはひとしずく。この世界に生まれた一滴の水の粒。彼こそが、この物語の主人公。

例えばあなたが部屋でゆったりと好きなことをして過ごしているとき、サァーサァーと

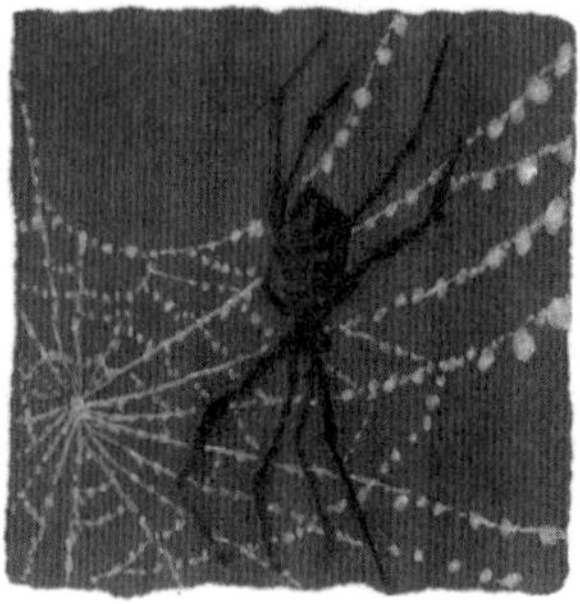

音が聞こえてきたら、雨が降ってきたかしらと思うでしょう。するとやっぱり、窓には雨の水滴たちがぶつかって、それがツーッと窓の下の桟へと流れていたり。あるいはあなたが大切な愛犬とお散歩に出かけたとき、雨上がりのいつもと違う匂いにわくわくして、つい一緒になって水たまりに飛び込んだりするでしょう。すると、長靴をはいたあなたの足元から、水たまりの水滴たちがチャプチャプと

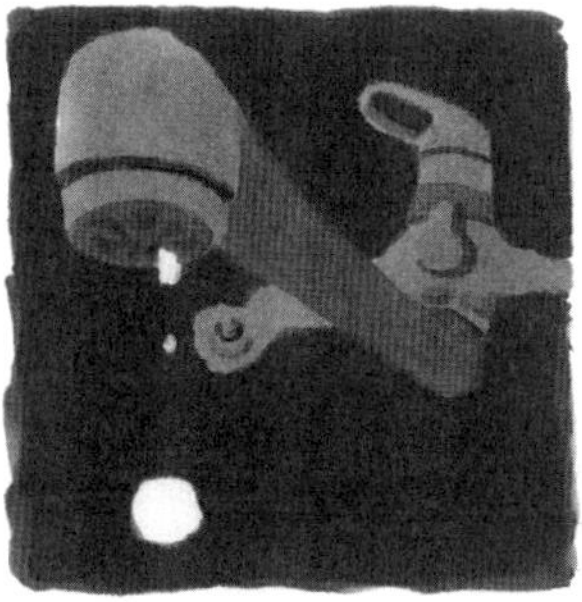

音を立てながら軽やかに飛びはねていたり。お水を飲んだときに締めたはずの蛇口から、放っておかれた水滴たちが流しにぶつかってポツリポツリと音を立てていたり。こんな風にして、普段は気にも留めないだけで、あなたはきっと、どこか身近なところで何度も何度もひとしずくの誰かに必ず出会っているはずです。

でも、これからお話しするひとしずくには、

まだ誰も出会ったことがないでしょう。なぜってこのひとしずくは、今も自分が生まれた森にいて、まだ一度もその森から出たことがないのですから。

そのひとしずくは、人間が滅多に入りこまない深い山奥で生まれました。滅多に、というのはどれくらいかというと、そこに三百年前から生きているケヤキいわく、最後に人間を見たのはおよそ百年前だとか。

「あのときの人間は、ここらで一番の雄熊を追いかけてのっしのっしとこのあたりまで鉄砲を担いでやって来てね。私の根本で数日のあいだ朝晩とその熊を待ち伏せしてたのサ。けれど

私はこんなところで銃声なんか聞きたくなかったからね、こっちへ来るなこっちへ来るなと熊のあいつに教えてやっていたんだよ」

そうしてケヤキは、百年前だという紛れもない証拠はこれさ、と言って自分の年輪を見せてくれました。すると、ケヤキが指をさしてくれたあたり、外側から数えてちょうど百の輪っかに、樹液が滲みわたった跡がついていました。それは、そのときの狩人が自分の寝床の目印につけた痕《きず》の名残だということでした。

人間にとって未開の森というのは、とても健やかに野蛮のままであります。すべての動植物、昆虫、きのこ類や菌類、肉眼では見えない生物、あるいは土や鉱物にいたるまでみんな思い思いに自らの生の保存に貪欲で、そのあふれ出る生気が彼らの美しさの源でした。そしてそれらすべての小さな命を支える大きなもの、それが先ほどのケヤキのような長い年月にわたって生き続ける巨樹たちでした。この山奥の森には、こういった立派な巨樹がたいそうな存在感を以て百本も二百本も聳《そび》えていました。これらの木々はこの森の中で一等陽当たりのいい場所を選んで生き抜いてきたという自信と自負がありましたので、その分だけ大きな、誰にでも優しい強さを持っていました。春は彼らの樹皮の温かさに多くの生物たちが熱を得、夏には旺盛に茂った深緑の葉で多くの生物を養い富ませ、日陰などもつくってやり、秋には実りを、冬には来る春のための水分と栄養を自らの根にたくさん含ませてこの森を支えていました。

けれども何百年もの時間がもたらすものは、豊かさの多層性だけではありません。当たり前のことですが、その年月分をかけて、木々もまた老いてゆきます。鳥や虫に食いつぶされて、あるいは何かの病気になってしまって幹の内側から腐るものもいましたし、長年忍んできた雪の重さについに耐えられなくなって倒木してしまうものもありました。野分の強い風などに毎年毎年からだをぶたれ、枝という枝が落っこちてしまうものもいましたし、背が高いスギなどは、他の巨木に代わり天の真上から雷に打たれて、真っ黒こげになってしまうものもいました。

こうして一本一本の命の衰えや終わりを見つめれば、別れの情緒など永遠に続くようにとめどないですが、ひとつの広大な森にとって、それらの小さな終わりは決して悲しいものではありません。それどころかむしろおおらかに受け止められるべきもので、明るいものでさえあります。なぜならそれらの大きな木々が倒れたあとは、光を遮るものがなくなるために、空がいっぱいに広がるからです。

長らく巨大な陰の下で過ごしてきた若い草木や種たちは、太陽の光をひねもす

一身に浴びることができる興奮ともたらされた幸運で心がいっぱいになり、ほてったからだを森林の澄んだ空気で冷まします。ところがその空気までもが彼らの悦びにふれて鴇《とき》色に染まってゆくのです。草木や種は呼吸を強《したた》かに、根の先から天へ、からだのすみずみまで命の水を巡らせます。そうしてあるとき、風が凪ぐ穏やかな日和を待って、いっせいに生命《いのち》を放ち、芽吹くのです。

何千種もの緑色が一度にこぼるるこのときを、何と表現すればいいのでしょう。それは、ただただ圧倒的に、生命の色彩という他ありません。これでもまだ、ことばが足りぬくらいです。ところが森たちは、こうした美しい悠久のすべてを人間には決して見せ尽くしてはくれません。自然だけが秘匿できるこの時空間こそ、今では彼らの矜持だからです。こういうとき、あの美しい瞬間を目の当たりにできる生物たち、鹿やモグラ、キツツキやゾウムシ、ヤスデなどがどれほど羨ましいか知れません。

この物語の主人公、ひとしずくの話に戻りましょう。このひとしずくも、七色の陽光と何千種もの新緑色と潤んだ湿気がおどり戯れる美しい時間のさなかに生まれたこでした。

早春のある朝。遠く、山の彼方に太陽がのぼり始めます。藍色の森に曙色の光の束がさっとひと刷け射しこんで、鈍色の朝霧に溶けあい混ざりあい、紅、黄金、瑠璃群青、そのどれともいわれぬ色のあわいが揺蕩《たゆた》う朝。誰の目にも留まらずとも永遠にくり返されてきた美しい朝です。

「いつもであればまだまだ薄暗い肌寒さが続くはずなのに。どうしてだか、今日の冬はもうぽかぽかと暖かい」

春の朝陽は森の奥へと進むにつれ、少しずつ先細ってゆき、ただひとすじの光となって、一本のクマザサにそそいでいます。眩い曙色の光線は森の奥深くのひんやりと澄んだ空気にふれ、まもなくうす紫色になり、やがてやわらかな銀色の光に変わっていました。ここらの生物たちに、春の訪れを告げるには大変好ましい、聡明で優しい朝の光です。

雪かぶりのクマザサは不思議がりました。冬の眠りはまだまだ深く長いはずであったのに、自分のからだに確かに感じるこのじんわりとした熱はどうしたことかと思ったのです。

「やっぱりだ。もう今日の冬は暖かい」

雪かぶりのクマザサは、自分が春の朝に目覚めつつあるのか、それとも冬の眠りのさなかにただ春の夢を見ているだけなのかがあやふやで、しばらくのあいだうつらうつらとしていました。でも本当は、クマザサはちゃんとわかっていました。もう何度、厳冬をこえて春の光を浴びてきたことでしょう。自分のからだの目覚めのときは誰に教えられずとももう十分にわかるほどには生きているのです。

けれども、生まれたばかりのひとしずくは寝坊すけで、目覚めの喜びを知らずにまだ夢の中におりました。

あれ、ひとしずくはどこにいるのかって？

ああ、ひとしずくは、クマザサの一葉にふりつもった雪の中におりました。といっても彼はまだ、本当の意味ではひとしずくではありません。長い冬のあいだにすっかり押しつぶされてしまった雪の結晶たち、まだ真っ白い六花たちの中にひとり、アリの頭よりも小さな口をめいっぱいあけてあくびをしたこがいるでしょう。このこが、私たちのひとしずくです。

「やっぱりだ。今日の冬は暖かい」

クマザサは、冬眠の余韻に浸りつつまた同じことを思っていました。

それもそのはずです。

長年クマザサに影を落としていたブナの樹が、枝先の雪の重みで冬のあいだにすっかり傾いていたのです。幸い、根全体でしっかと土をつかんでいたので倒木とまではいきませんでしたが、それでもこのあたりの森の景色はすっかり変わったように見えました。

いつもより早い早春の光に照らされながら、それでもクマザサはしばらくうとうとしていました。けれども、朝日が山間からのぼりきり、その眩しさによって冬の眠りの深さが遠のいてゆくにつれ、自分の枝葉、さらには茎や根にまで次第に熱が帯びてゆくのを感じ取り、今ではすっかり目が覚めたのでした。

すると、冬のあいだずっとうなだれていた自分のからだをぴんと起こしたい気になって、自慢の葉っぱに重くのしかかる真っ白な雪をはらってしまいたい、でなければ自分の体温で溶かしきってさっぱり流してしまいたいと思いました。すっくと背筋を伸ばしきるにはまだ力が足りませんでしたが、先の秋の余力を使って少しだけ頭をもたげると勢いがついて生来の自信が蘇り、根の先からごくごくと地中の水分を汲み上げて、乾ききったからだを潤しました。

ひとしずくも目を覚ましました。自分が寝床にしていたクマザサの葉にぴんと生気が張りつめたことをからだの下に感じたからです。雪の兄弟たちにかこまれていたので、視界はまだ青白くぼやぼやとしたままでしたが、ひとしずくはすぐさま、これは自分にとっての変化のときだと心得て、視界が冴《さ》やかになるまでのあいだ、ただじいとそのときを待つことにしました。そうしていれば自ずと次の姿に生まれ変わって、あたらしい世界に出会えるのだという予感があったのです。

ひとしずくがこれから体験するすべてのことは、とてもゆっくりのようでありそれでいてあっという間の出来事のようでありました。

ひとしずくは、春の陽の温かさとクマザサの葉の熱のあいだにあって、雪の結晶の兄弟たちとともにぬくぬくとして過ごしていました。とても居心地がいい、幸福な時間です。兄弟たちの多くはもう目を覚まして気持ちよく伸びをしています。けれど中には、この温もりに抱かれるまま、もう一度眠りに戻るものもありました。

ひとしずくは、兄弟たちのからだを透かして、もやもやとした視界の彼方から、橙色の光が優しくこちらを見つめていると感じることがありました。この橙色の光の正体、これは私たちにとっての太陽に違いないのですが、何

も知らないひとしずくにはまだ秘密にしておきましょう。とにかくそういうときは、兄弟たちはみんなにこにことして心から嬉しそうでしたので、つられてひとしずくもとても温かな気持ちになりました。

一度だけ、雪の結晶の兄弟たちのからだが、太陽の光を透かしてきらきらと虹色に輝いていることがありました。その姿を不思議そうに見つめるひとしずくといったら！　何て美しいんだろう。幼気なひとしずくは、ただうっとりと見とれていました。

光の束が過ぎ去って、雪の結晶の兄弟たちが真っ白い元の姿に戻ってからも、ひとしずくの心はあの虹色の光に夢中でいました。ぼくもいつかあんな風になれるのかしら。そう思ったら、小さなからだがはち切れそうなほど期待が大きく膨らんで、あちこちくすぐったくなりました。

ひとしずくには、これから先に待ち受けているすべてのことは、何もかもが楽しげで優しいものに感じられました。このような予感を誰かれに話して、一緒に歌いだせたらどんなに楽しいことでしょう。

いいえ、本当は私たちには聞こえなかっただけで、空気の振動よりずっと小さな声で、彼らは絶えずおしゃべりしていたのです。といってもそれは、「嬉しいね」とか、「楽しいね」「暖かいね」といったことばをそれぞれつぶやいて頷き合うような、緑児《みどりご》のように他愛ない会話でありました。

しばらくのあいだ、ひとしずくたちはぽかぽかと温かな、夢のような時間にいました。けれどほどなくして、ほろほろと聞き慣れぬ音が聞こえてきました。かすかにゆられてもいるようです。それは、クマザサの葉の上に降り積もっていた雪が、春の陽の熱によって、少しずつ溶かされる音であり、雫となってぽたぽたとこぼれるときの振動が彼らに伝っているのでした。根雪であったひとしずくと兄弟たちがいるあたりには、太陽の決定的な熱はまだ届いていませんでした。それでもこの変化の予兆に気が付かぬこはいませんでした。なぜなら、彼らもまた、からだの内からフツフツと熱が沸き上がってくるのを感じていたからです。

ひとしずくの兄弟たちの内に灯った熱は、少しずつ互いに伝播していきました。そのせいか、みんな少しずつ浮かれ始めていました。彼らは、雪が溶けるにつれて広がってゆく視界の先を眺めては、「楽しみだね」「楽しみだね」と口をそろえて言いました。これから生まれ出る世界は、諸手を広げて自分たちを待っている。そのことが、嬉しくて嬉しくてたまりません。春を待つ雪たちは、いつでもこうして黄色い声を上げながら、来るべき暖かなときを待ち望んでいるのです。

ひとしずくももちろん、兄弟たちと同じように期待に胸をときめかせていました。けれど同時に、半透明の水の膜を通して見える世界は輪郭がつかめぬほどおぼろげで、灰色や黒の陰影の濃淡に緑が重なり合うようにしか見えなかったので、ひとりどきどきしていました。兄弟たちの多くは、一滴《ひとしずく》としての空への旅を少なくとも一度は巡ったと見えてそれらの影が何であるかをよく知っていました。そのためにいずれの兄弟たちも大変余裕があり、この先の世界でこれから起こりうることすべてにみんな胸を昂らせ、陽気に破顔していました。けれども、まだ何も見聞きしたことがないひとしずくにとっては、まわりの雪がすべてなくなり、視界がすっきりと晴れやかになるまでは、何も見えないのと同義でした。

ひとしずくは、自分ひとりだけが違う世界を見ているようで、とても心細くなりました。兄弟たちの嬉しそうな表情を見れば、こわいことなど何もないのだということはよくわかりました。けれどそうは言っても、からだが重たく感じるようなじっとりとした不安は、簡単に拭えるものではありません。まわりの兄弟たちは、不透明な視界の先で何か動くものがあるたびに歓声をあげていました。ところがひとしずくは、兄弟たちの歓声が向けられているものが何なのかがわかりません。さらに、それらの動くものは時折、バサバサッとか、ピウーーといった奇天烈な音を立てるので、そのたびにひとしずくはぎくりとして、まわりの様子をうかがうのでした。

突然、彼らの視界の中に、より一段と濃い灰色の何かがかぶさって、ほとんど

何も見えなくなることがありました。それは、何のこともない、梢の先で溶かされた雪の塊がクマザサの葉の上にぼとりと落ちて滑ってきただけのことでした。兄弟たちは思いがけないとびきり面白い見世物に、声を立てて笑いました。けれどもひとしずくだけは、巨大な翳りが自分たちの世界に突然現れたのだと大変慄き、思わず声を上げてしまったのです。そのとき、兄弟たちがいっせいにひとしずくの方を振り向いたので、ひとしずくはとても恥ずかしくなりました。

「それじゃ、サヨナラ。また今度!」

溶かされて、雫になって、滴り落ちる。その順番は次第に、ひとしずくたちの身近にも迫っていました。ひとしずくとともに一冬を過ごした兄弟たちも、今やからだの半分ほどはもはや雪の結晶ではなく、透明な水の滴となっていました。そして彼らは、今にも溶けきるという瞬間になるとみんな無邪気にそう言って、クマザサの葉から勢いよく滴り落ちてゆきました。ころころと笑うような朗らかな別れのあいさつひとつひとつに、

「うん、また今度！」

と幼い兄弟たちは声を弾ませて答えてやりました。ひとしずくももちろん、一緒になって元気に送り出していました。少し神経質になっていたひとしずく

でしたが、兄弟たちの賑やかで屈託のない空気にほだされ、明るい気持ちを取り戻していました。そして今では、平たい葉からぽつりと落ちて土に潜っていく自分を想像しては、楽しみから顔をほころばせるのでした。土とは何かということは、本当はよく知りませんでした。ですが、年長の兄弟たちが、地中の旅はここよりずっと暗い場所だが面白いと話してくれたので、すっかり心丈夫になっていたのです。あとは留まるところに留まり、流れるところに流れる。そうしていればよいのだと、彼らは教えてくれました。

ところが、一滴、また一滴と兄弟たちは順番に去ってゆくのですが、いつまで経ってもひとしずくの番は来ませんでした。それどころか、自分のからだは兄弟たちとおそろいだったあの美しい雪の華のままでいるようです。

「それじゃ、サヨナラ。また今度！」

またひとつ、ひとしずくのそばの結晶が、水の滴に姿を変えてつるんと旅立ってゆきました。今や、雪であった頃の繊細な輪郭を保っている兄弟はほとんどいませんでした。わずかに残っている彼らだって、まもなくいなくなるでしょう。ところがひとしずくだけは、まだ冷ややかに美しい造形のままでいました。私たちのひとしずくは偶然にも、クマザサの葉と

いう葉が重なり合っているちょうど真下に生まれたがために、ただ一点太陽直々の光が届きにくかったのです。けれどもひとしずくは、自分が目覚めた場所が、他より色濃い、漆黒の葉陰の下であったことなどてんで知りませんでした。取り残された悲しさと寂しさだけが、ひとしずくの心にじわりじわりと染みのように広がってゆきました。

太陽は、さんさんとこの森を照らし続けていました。

どうもおかしい、とひとしずくは思いました。

「他のみんなはもうとっくに旅立ったというのに、ぼくだけがここにいるのはなんだか変だ」

知らないうちにやり方を間違えたんだ、そうでなきゃ自分だけがここに残されるわけがない。そう思い至ったひとしずくは、兄弟たちがしていて、自分はしてこなかったことを探してみました。早くも手持ち無沙汰で途方にくれていたのです。早く追いつかなければという焦りもありました。ここで、この葉の上で、自分がこれからできることなど何ひとつないように思われました。そこで、思いつくままに、あの決まり文句を自分も唱えてみたのです。

「それじゃ、サヨナラ。また今度！」

何となく気恥ずかしかったので、はじめは口の中だけでもごもごとつぶやいてみました。けれど数回もくり返せば、ひとしずくだけの歌ができてくるようで、何とも楽しいリズムです。何よりこうしていれば、一番びりけつではあるけれど、自分もみんなと同じく次の旅へ出かけられるのだと思え、心が逸るのでした。

「それじゃ、サヨナラ。また今度！　それじゃ、サヨナラ。また今度！」

ひとしずくは声を大にして、何度も何度も言ってみました。

ところがそのうち、ひとしずくはまた奇妙な気持ちになってゆき、ついには口をつぐんで黙りこんでしまいました。「サヨナラ」と「また今度」をくり返しているうち、これらのことばがだんだんとまじないのように感じられ、よくわからなくなってしまったのです。

（サヨナラって誰に？　また今度ってどこで？）

この広い森の中で、小さなひとしずくが難しい顔をしてこんなことを考え込んでいるなんて誰が想像したでしょう。すぐそばにいるクマザサでさえ、未だ自分のことで精いっぱいだったので一滴分の悩みには全く気が付いていませんでした。先ほどのひとしずくのリズミカルな歌ですら、微風にそよいだかすかな葉音にうもれかき消されていたのです。

（サヨナラってぼくに？　また今度って誰へ？　みんなはそう言ってどこかへ行ってしまったけれど、だからって本当かどうかはわからない）

ひとしずくは、ぶるりと身震いしました。風が冷たかったからではありません。すっかり怖気づいてしまったのです。自分のからだにまだ少しだけ残っている雪の華は、先刻よりも溶けかかり、くずれているように見えました。

目の前にいた兄弟たちは真っ白い六角形の結晶がすっかり溶けきる寸前、あの呪文を明るく唱えていなくなりました。スルンと形がなくなって透明な無になるのです。そのまままっすぐ土壌に落ちて音もなく吸収されたものもいれば、残雪にぼそりと落ちるものもおり、あるいは朽葉にピンとはね返されたりしたことまではわかっていました。そうしたかすかな水音は真上にいるひとしずくにも聞こえていましたから。

ところが、それだけなのです。「サヨナラ」と「また今度」の続きなんて本当にあるのかしら。ひとしずくは確信が持てなくなりました。

(でも、本当じゃないとしたら、みんなはどこへ行ったんだろう?……)

ひとしずくは泣きたくなりました。兄弟たちの行方を考えても考えても、結局答えはわかりませんでした。みんな一様に、何者でもない透明な一滴になって、そしてそれきりただ落ちる。それから、そのあとは……?兄弟たちは笑顔でここから旅立っていったけれど、本当は何も知らなかったんじゃないかしら。

とてつもない恐怖がひとしずくを襲いました。いずれ自分にも必ずそのときがやってきて突然いなくなってしまう。この逃れようのない運命に打ちのめされ

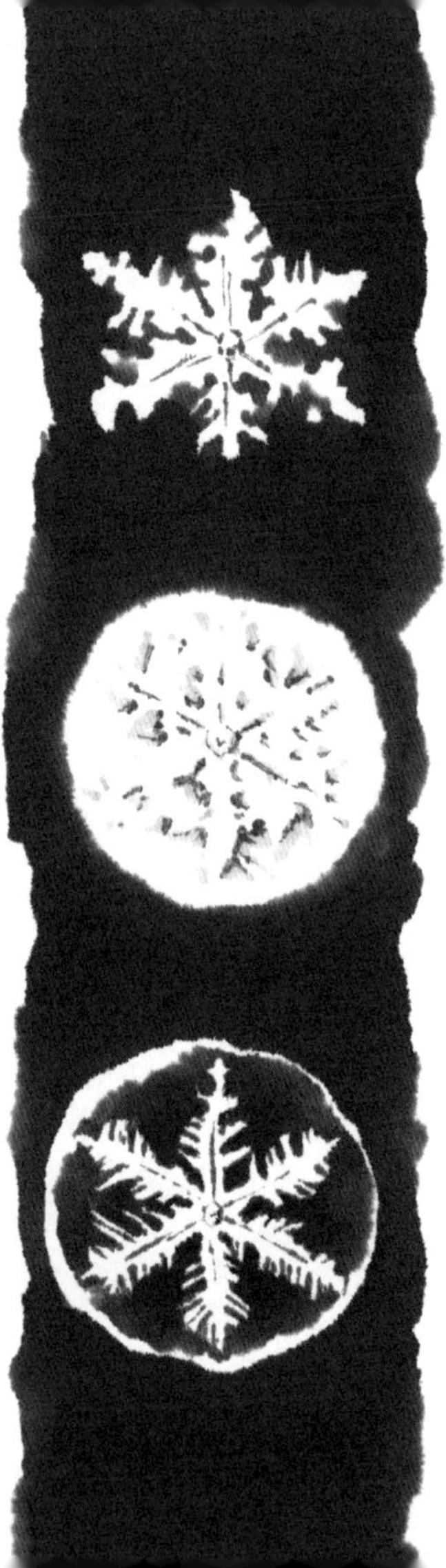

てしまったのです。不安は粗暴なまでにますます黒く膨らんで、ひとしずくのからだを翳らせてゆくようでした。

気付けば、わずかに残っている雪の結晶のひとひらを除けば、ひとしずくのからだはもうすっかり、立派な「ひとしずく」といった体でした。葉を透かして射し込む陽光が透明なからだにぴちぴちと反射して、うららかな早春にふさわしい、とても可愛らしい小粒の滴です。

ところが当のひとしずくにとって、残りわずかな雪の華の断片は、はっきりと目に見える自分の寿命のようでした。それを眼前にしながらじっとそのときが来るのを待っているなんて、それこそ恐ろしくてたまらない。ひとしずくは心底震え上がりました。

それからのひとしずくはただただぎゅっと目を閉じていました。もし自分も兄弟たちと同じように跡形もなくいなくなってしまうのなら、自分が目をつぶっているあいだに、自分が知らないあいだに一瞬ですべて終わってほしい。そう強く願うあまり無意識にそうしていたのです。もし彼が、人間のような拳を持っていたとしたら握りしめていたでしょう。

波紋がひとしずくのからだをゆらしました。またひとつ、自分のからだののどこかがほろりと溶かされくずれたようです。

(もうすぐきっと、ぼくはいなくなるのだ)

予感とも決意ともつかぬ心の内をひとりこぼして、ひとしずくは瞼にいっそう力を込めました。けれど、こうして恐ろしさから必死に自らを閉ざしていたとしても、多少の勇気は必要なのだということも理解しつつありました。そこで、自分のからだひとつ分の勇気を精いっぱいかき集めて小さな胸に抱きとめました。来《きた》るときのために自分の心をできるだけ強くしておくこと。それが今のひとしずくができる全力でした。

一方でクマザサは、目覚めてからこっち、変わらず生の背伸びを恙《つつが》なくたえまなく続けていました。しおしおとしていた茎や葉は、吸い上げた水分によってすみずみまで満たされぴんと張っており、根元から頭上まで力が漲るようでした。あと数呼吸もすれば、真っ直ぐ立ち上がることでしょう。クマザサにとって、自分の葉にいるひとしずくの小さな迷いは自分の細胞ひとつひとつほど大したことではありませんでした。クマザサはただ自分の本分を貫くだけでよかったのです。

クマザサが本来の立ち姿を取り戻すにつれ、ひとしずくは葉の上にいることさえ、だんだんと難しくなりました。少しずつからだがずり落ちてゆくのです。ひとしずくは尚も一心

に目をつぶっていましたが、このままではどうにも分が悪いとふんでそっと片目をひらいてみました。すると、どうでしょう。残雪の重さで長らく下を向いていたクマザサの葉は、今や上方に向かってぴんと伸びており、葉を整然とうめつくす葉緑体の粒たちが我先にと陽光に手を伸ばしているのでした。このまま葉から飛び出てしまうのではというものも多くいます。その勢いといったら、葉が波だって見えるほどでした。

ひとしずくはいよいよ以て、今の居場所は、自分をからだごと放り去ろうとしているのだと思いました。お前がここに残っていることは疑う余地なく間違いだ、とはっきり言われているようです。

「いっそ、飛び降りてしまえばわかるのかも」

思わずよぎった考えに自信は持てませんでしたが、ひとしずくはそうつぶやきました。

別れを告げたあとの兄弟たちがどこへ行ってしまったのか、それは変わらず謎のままでした。けれどだからといって、ここで葉緑の小粒たちと一緒に過ごし続ける自分の姿も全く想像できません。緑色の彼らは太陽にばかり夢中でした。彼らはともかく押し合いへし合い太陽の光を貪欲に食らうことに大忙しで、ひとしずくなどまるで眼中になく、ただただクマザサを生かすことが彼らの使命でした。

ひとしずくは、葉緑の粒たちとの共生の可能性を早くも切り上げて、先ほどの無鉄砲な思いつきについて考えを巡らしていました。いっそ、ここから飛び降りてみる……。悪くないように思いました。が、冷静になってみれば、ただ自分の所在なさから自棄になっていたところもあったのかもしれません。それに、自分から飛び降りるにはまた別の、過剰なまでに大きな勇気が必要です。目をつぶり耐え続けることでさえ渾身であったのだからこれ以上の勇気はもう出せない、とひとしずくはすぐにあきらめたのでした。

そのときです。葉緑の粒たちの頑張りが功を奏し、クマザサがまた一段と大きな伸びをしました。逡巡していたひとしずくは、クマザサの伸びの気配を察するや否や、ゆさぶられ落ちることがないようからだ中に力を込めました。けれども春への決意に己をすっくと正しきったクマザサを前にしては、ひとしずくの、水滴のたった一粒である彼のふんばりなどどれほどでしょう。ひとしずくの微力は到底及ばず、軽いからだは葉の表面を踊るようにして滑り、ちょうどクマザサのそばを吹き抜けた春風のいたずらもあって、さらに右へ左へとなすすべもなく煽られてしまいました。

実をいえば、ひとしずくが生まれてからこれまでの出来事というのは、人間にとって、秒針が数回まわった程度の時間でしかありませんでした。この森にとっては、静謐《せいひつ》極まるほんの瞬き程度の時間であります。背の高い樹の頂きに引っかかっていた山鳩の羽根が、何度もそよ風に吹き上げられ寄り道をしながら、地上に舞い落ちるまでのあいだ。これと同じか、少し短いくらいの出来事でありました。時間の尺度というのは誰にでも公平ではないのです。

ひとしずくはどこへ行ったのでしょう。

ひとしずくはまだクマザサの葉におりました。といっても、クマザサの葉の節くれだった一本の葉脈にぎりぎりしがみついているという有様でしたが。風に煽られ、このままでは葉から滑り落ちてしまうという瞬間、つるつるとした

葉の表面では危ういとみるや、クマザサの葉の繊細な表層を幾重にもかき分け葉緑の粒さえ押しのけて、丈夫な縦筋のそれを必死で握りしめたのです。

それでも少しずつ少しずつ、見えない強大な重力がひとしずくの小さなからだを地面の方へと引っぱります。ひとしずくは尚も抵抗しながら、からがら葉脈を必死につかんでいました。けれどもツツと滑り落ちることはできても、上へのぼることなどできません。ついには葉の縁にぶら下がるような恰好になって、すんでのところであわやこらえているのでした。

そうしてどれくらいのときが過ぎたでしょう。ひとしずくは相変わらず葉の縁にたれ下がり、辛抱強く耐え忍んでいました。けれども、もう見るからにぐったりと疲れ果てていました。葉にしがみつき続けるのは、もはや限界でした。ひとしずくが己を引き上げるささやかな微力と、地底に引きずり込むような畏れ高い重力との勝負は、とっくに決着がついていました。風でも吹けば、あとはあっけないものでしょう。

ひとしずくは自分を強いて半ば悟りつつありました。どう足掻いても、自分も他の兄弟たちと同じように一瞬で消え失せるであろうこと。そして、決定された未来が底なしの真っ暗闇にしか感じられぬとしても、その不遇に自分を投げ出す以外に他に仕方がないということを。

（それじゃ、サヨナラ。また今度！）

あのとき芽生えた疑問に一切気が付かぬふりをして、あるいは何でも知っているふりをして、兄弟たちと同じように笑顔でいなくなれていたらどんなによかっただろうとひとしずくは思うのでした。

それからの時間は、ひたすらむなしいものでした。それは、一本の線を目的もなく、虚空に描き続けるようなもので、何か得体の知れないものがその線を絶つそのときまで、無力に時間を費やすことに似ていました。ひとしずくの残りわずかな余力、その目盛りがあとどれほどかということでさえ、その得体の知れぬ何かが握っているのです。

ひとしずくは、再び目をつぶり、自分を暗く閉ざしていました。葉の縁をむんずとつかむ抗う力も今となってはどこか他人事のようでした。自分の意識が尽き果てて、早く楽になってしまいたい。そのようなあきらめに近い気持ちが大きくなっていました。自分にこれから起こることが一刻も早く、何も感じる間もなく過ぎますように。あと一寸でいなくなるのなら、一瞬で。一心に念じる自分の声で、恐れている感情が覆い隠せているあいだに一瞬で。まぶたの裏の暗闇で何もかも忘れられているうちに、一瞬で。そんなことばかりを願っていました。厳冬の余韻をたたえた葉陰の冷気が、ひとしずくの心をいっそう冷たくしていました。

ひとしずくは、ふーっと息を吐きだしました。

(そのとき、ぼくはどうするのかな)

そのときが訪れる寸前、ほんのわずかな予兆があったからこそ兄弟たちはあの決まり文句を口にすることができたのだろうと思いついたのです。だとしたら、せめてぼくだって、最後に何かを叫んでやりたいと思いました。けれど……。

(あ、とこぼしてそれきりだろうな)

きっと大したことは言えないままで、未練だけ残していなくなる自分の姿がありありと想像できました。こぼれたことばは、ぽんと抛《ほう》られそれきりで、誰の耳にも届くことなく消え失せるでしょう。森は、何事もなかったように、穏やかな春を迎えます。

ひとしずくのからだが、風もなく葉がゆれているわけでもないのに、小刻みに震えているように見えました。ぶら下がるからだに透過する景色がぐにゃりと曲がってゆらいでいます。

ひとしずくは泣いていました。自分が何も言えずにいなくなることが悲しくて仕方がありませんでした。言うべきことが思いつかないのなら、せめて明るく「サヨナラ」を言えたらいいのです。が、それすらできそうにありません。そんなこと、言いたくないと思いました。

ひとしずくは、無念でたまらなくなっていました。一秒先の自分の所在は自分のものではない、その不条理さに打ちひしがれていました。あともう一度、クマザサが背伸びをしたら。あともう一度、風が吹いたら。あともう一度、予想もしない何かが起きたら。そうしたら、自分にはもう、葉から落ちて消えてなくなる。この一択しかないのだ。そうであるなら、今こうして葉にしがみつき続ける意志も意地も、その行為も、何もかもが無意味だったのかもしれない。そう思うと、とてもやりきれないのでした。生まれてからこれまでのあいだ、自分の中にわき上がり堆積された感情――嬉しさや楽しさ、心地よさ、不安、虚しさ、悔しささえもが無とされてしまうことへのつらさがありました。

ほろほろほろほろ、ひとしずくの内側からとめどなく涙があふれ、葉の縁にぶら下がるひとしずくのからだを重たくしていました。このままでは危ういと自分でもわかっているのですが、涙は止まらずどうすることもできません。葉脈をつかむからだの一端にも大きな負担がかかり、痛みが強くなりました。

さまざまな情感や衝動、ちっぽけな意地、この痛覚。これらを抱えているがために、ひとしずくの心は引き裂かれていました。それでもひとしずくは、この期に及んでひとつたりとも、たとえそれが絶望であっても決して手放したくありませんでした。なぜって、これらを投げやってしまったら、それこそ自分は何者でもないただの水滴になってしまうと思ったからです。自分で自分のこれまでをなかったことにしたくないからこそ、これほどまでに悔しいのに。簡単に拭い去ることができないからこそ、ここで奇しくも耐えているのに。ぷつりと途絶えたら最期、何にもなかったなんてあんまりじゃないか。

痛さと涙とで、透明なはずのひとしずくのからだはぐちゃぐちゃに淀んでいました。

このようなぎりぎりの状況にあって、突然、ひとしずくの中に彗星のようなすばらしい一閃が瞬きました。

ひとしずくは、自分が目をつぶったままでいることがとても奇妙な気がしてきたのです。そして、何だかんだといって、決して落ちまいと遮二無二クマザサにしがみついて頑なでいる自分自身が何だかとても滑稽に思えてきました。自分のあたまの中で描き恐れていることと、自分のからだが必死にもがいて放さずにいることとは全く以てちぐはぐだ、と気が付いたのです。

真っ蒼に塗りつぶされた無明の心に光が射し、明るい隙ができるようでした。次第にひとしずくは、なんだかとても愉快な気分になってきました。笑いがふふふとこみ上げてきて、ふるふる震えるあまり、危うく葉っぱから落っこちるところでした。

「なんだ」

からだを支えなおして、まだふるふると震えながらひとしずくは言いました。

「ちょっとぼく、こわがりすぎたんだ」

ひとしずくは、大きく深く、呼吸をととのえました。そして、

「目を、ひらいているほうが、こわくない」

と、先ほど訪れた閃きを、今度は丁寧にことばに代えて、じっくりゆっくりかみしめました。

やっぱりはじめは不安そうにそのことばをくり返していたひとしずくですが、次第に声には明るさが灯り、ことばはただの音から力となって、ひとしずくのからだに蓄積されてゆきました。

「うん。いいぞ!」

ひとしずくは、涙を拭ってもうすっかり晴れやかな気分になっていました。何度も確かめるまでもなく、こっちの方がよっぽど心が弾むようだし、とにもかくにも自分らしいと思ったのです。

ひとしずくは、心を決めて、胸を張って自分の両目を見ひらきました。

「目を、ひらいているほうが、こわくない！」

「……ほら！」

何という喜びでしょう。

葉の縁にぶら下がりながらであっても、見ようとして見れば、たくさんのことがわかってくるものです。目をつぶっていたときには気付きもしなかったもののごとが、すべてがすべて新鮮なまま俄かに押し寄せてきて、ひとしずくの心はいっぺんに彩られていきました。ひとしずくはことばにならない感嘆の声を幾度となく漏らしました。植物の葉にしても、いろいろな形の、いろいろな色があるということを、ひとしずくはこのとき初めて知りました。あれほど恐れていた地の底も、朽葉に蔽われふかふかとしていて、居心地は悪くなさそうでした。自分の目で見て知るということが、どれほどの光をもたらすのか。ひとしずくは、この先もずっとずっと、この喜びを忘れることはありませんでした。

ひとしずくは、視界に広がるすべてのことに夢中でした。それが何であるか、何者であるかなどはひとしずくにとって、大した問題ではありません。ただ、この世界にはこういうものがあるのだ、こういう音があるのだ、こういう香りがあるのだと知ることができるだけで、それだけでひとしずくは十分嬉しかったのです。

「目をひらいているほうが、面白い」

ひとしずくはにっこりとほほえみました。

とはいえ、ひとしずくが見つめている世界は、重なり合ったクマザサの葉陰から見える景色だけでした。彼が体感し得る世界など、ほんの些細なものでしかありません。視界の限りを己の世界と区切ることの危うさもあります。ひとしずくの視界の外にこそ、世界はどこまでも広がっていて、ひとしずくを今か今かと待ち構えているのです。

ひとしずくは、これからどこへ向かおうかしらと考えていました。好奇心やそのエネルギーは、泉のようにとめどなく、滾々《こんこん》とからだの内から湧き出てきます。しかし、それらの力を向ける先がまだ定まらぬがために、ひとしずくは葉の縁につかまりながら曲芸のようにからだをゆらして落ち着かずにいるのでした。こうしているうちに誤って葉から落ちてしまったとしても、今のひとしずくであれば、そこらに生えた植物の葉から葉へ、木琴をならすようにして弾みながら、自分の心の赴くままにどこへなりとも行けるでしょう。

けれど、ひとしずくが考え悩んでいたのは、行き先がどこかというよりも、まさにそれがわからないからなのでした。

（どこへでも行けるって、どういうことなんだろう）

ひとしずくは思いました。果てしもない選択肢の中から、自分のための一択を選ぶとなると、楽しさよりも難しさの方が勝ります。自分の努力によってとはいえ、その機会が突然舞いこんできたものですから、ひとしずくはいっそう戸惑っていました。

それは私たちにとっての「自由」という概念に違いないのですが、そうかといって、それをひとしずくに教えたところで何の糧にもなりません。けれどもいつかきっと、これが何と呼ばれるものなのかをひとしずく自ら求めるときが来るでしょう。

幸せもののひとしずくの旅は、今、これから始まるのですから。

「よし、決めた」

ひとしずくは、ぷらぷらとさせていたからだに勢いをつけてひょいと持ち上げ、クマザサの葉の表面に着地しました。自分が思い描いた通りにからだを動かせたことが嬉しくて、ひとしずくはひとりこっそりはにかんでいます。

それから顔を上げて、あたりの様子をぐるりと見回しました。ところがすぐにひとしずくは変な顔をするのです。そこから見える景色が、葉の縁にぶら下がっていたときに見えた景色とそれほど変わらないことが意外だったのです。

自分が目をつぶり続けていたときより前のこと、雪の結晶であった頃に見えていた世界は、もっと明るかったような記憶がありました。ふりつもった雪の中にいたためにすべてがおぼろげに見えたのは確かです。けれどそうはいっても、光の量が決定的に違うように思えました。ここは、葉陰の深緑色の陰影こそ美しいものの、どちらかというと暗がりに近い印象でした。

それもそのはずでした。ひとしずくがいるのは、クマザサの茎のすぐそば、葉の付け根のあたりでした。ひとしずくは自分で知らないうちにずいぶんと奥まではこばれていたのです。

ひとしずくは考える間もなくすぐにまた動き始めました。ここではないなら、この先だ。ひとしずくには今やはっきりとした目的地がありました。

ひとしずくはこれからどこへ行くのでしょう。

ひとしずくは、自分が生まれた初めての場所をめざしていました。そう、同じクマザサの葉の先です。人間のものさしではかれば、手のひらに収まるほどのたった十五センチメートルにも満たない旅ですが、ひとしずくにとっては、大事な大事な旅でした。自分が生まれた場所から何が見えるか、自分が見逃してしまったことは何か、それをもう一度確かめたかったのです。どこかへ旅立つにしても、まずはそこから始め

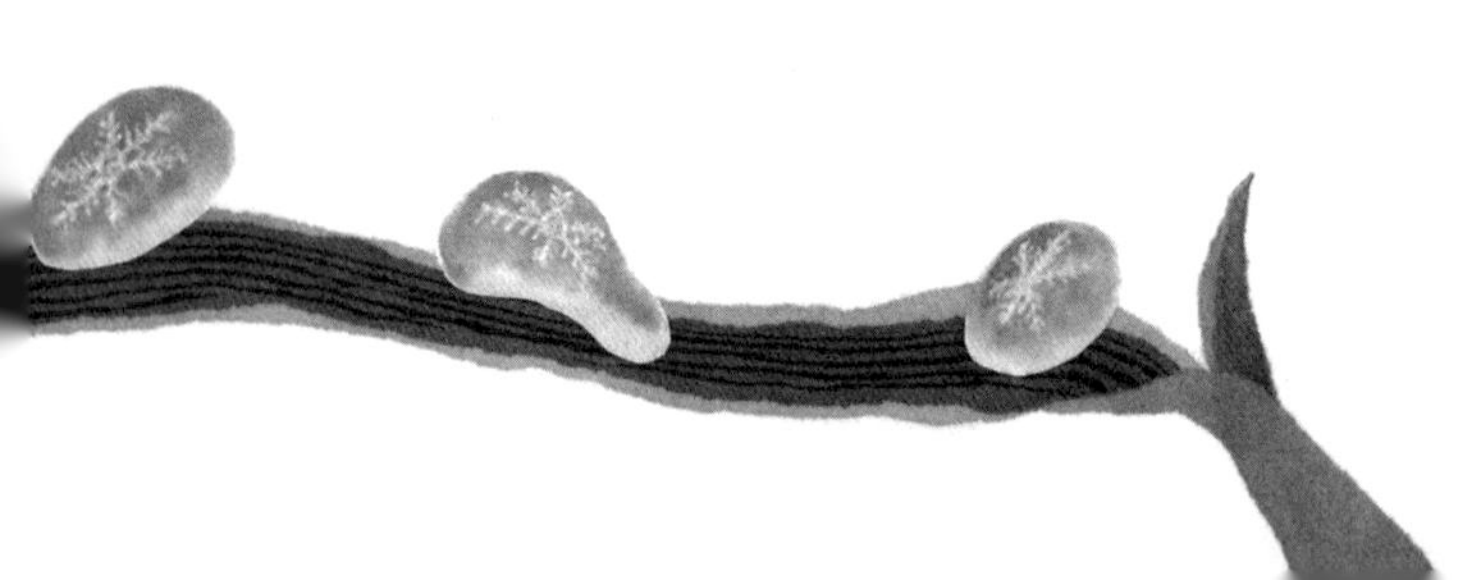

たい。それが、ひとしずくの誠実さでした。

ひとしずくは、クマザサの葉の上をよっちよっちと一所懸命に進みます。この愛おしい歩みといったら、カタツムリよりは少しだけ速く、働きアリよりはずいぶん遅い、といった風でした。

葉緑の小粒たちはもっとも忙しいときは過ぎたと見えて、ずいぶんお行儀よく並んでいました。時折、陽光を口に含んでもぐもぐさせていることもありましたが、多くは先ほどのお祭り騒ぎの余韻に浸ってまどろんで

いるようでした。ひとしずくはこれ幸いとばかりに、彼らを起こさぬよう気をつけながら歩を進めていました。けれど、ほんの一滴の小さなからだはとても軽く、葉緑の小粒たちの薄膜をかすかに撫でるだけでしたから、心配するほどでもないのでした。

若々しい太陽が、空の弧の頂きをめざしてぐんぐんとのぼり続けていました。森の木々を真上から照らし、まだ肌寒さが残る仄暗い影を、少しずつ自身の光で塗り替えていきます。

ひとしずくにとっての初めての旅、クマザサの葉陰の奥から葉の先をめざす旅は、思っていた以上に険しい道のりでした。ただでさえ、からだの動かし方をあてでもないこうでもないと挑みながら進まなくてはなりません。その負荷の大きさは、そそりたつ急峰を登るに等しいでしょう。

とはいえ、その道程はひとしずくにとって、これまで生きてきた中でもっとも楽しい時間でした。上へのぼるという行為が、自分のからだに課す試練、その重みをひとしずくは十分すぎるほどわかっていました。でもまたこうしてこの道を選択するだけの理由が自分の中に決然としてある。このことが、今のひとしずくにとっての大きな誇りでした。

葉の先の高い方へとのぼるにつれ、見えてくる景色が広がっていくのは何ともいえぬ快感でした。その興奮は活力になり、さらに上へ上へとひとしずくを押し上げてくれます。ひとしずくが自分のからだひとつ分だけ進めば、視界は十倍に広がり、からだふたつ分だけ進めば、視界は百倍に広がりました。ずいぶん時間はかかりました。けれどもそのために、ひとしずくは十分すぎるほどたっぷり時間をかけて、自分が生まれた森についてさまざまな知を得ることができました。

例えば、森の中にはまだちらほらと灰色の雪が残っていました。それらの残雪は、樹の根元や葉陰、土の上などの影深いところにいまだじっと蹲っていました。けれど、そのうちあの雪の兄弟たちも自分たちと同じように橙色の光によって溶かされるのだということを観察することができました。遠くの梢からまさに今滴り落ちようとする一滴も見かけました。ひとしずくは思わず、その先を見届けたい衝動に駆られましたが、その続きをここから知るのはずるいような気がしてやめました。

新たな発見はまだまだたくさんありました。クマザサの茎をのぼるアリにも出会いました。自分と同じくらい軽そうなからだですいすいと直立にのぼっていくそのアリは、巣に持ちかえる餌を探し歩いているのでした。クモが歩いて

いるのも見えました。迫力ある様相に驚いていると、眼下の朽葉ががさごそと動き、そこからムカデが現れたので、ひとしずくはいっそう目を見張るのでした。羽のある虫もいました。ハエです。見たことのない不規則な軌道で飛び回り、ひとしずくのすぐそばに止まったかと思うと、前部の二本の足を持ち上げて互いにこすり合わせるようにし、またどこかへ飛んで行きました。今やるべきことを終えたら、きっと次はあの虫に話しかけてみるんだ、とひとしずくは思いました。

ひとしずくの最小の眼から見て、この森の中で一番動的で生き生きと感じら

れるのはこういった虫たちでした。彼らは本当にどこにでもいて、絶えず動き回り、それぞれの種の保存に忙しくしていました。ひとしずくは目の高さが自分と同じであるこれらの生物に対してとても親近感を持っていました。同時になぜだか無性にあこがれもあり、彼らの生き方や日々考えていることなどを、できるだけたくさん知りたい聞きたいと思ったのです。

時折、ひとしずくは立ち止まって休憩することもありました。すると、自分の息遣いの間に間に水が透るような、懐かしい響きが聞こえてきました。

パキン、パラキン、パキン、パラキン。

かすかに聞こえるその音は、まだひとしずくが雪の結晶であった頃、橙色の優しい光に見守られつつ耳を澄まして聞いていた、春の雪解けの音でした。

（この葉をのぼりきったら、ぼくたちを溶かした光の源にも会えるのかしら）

ふと、ひとしずくは思いました。

というのも、ひとしずくが知っているのは橙色の陽光そのもので、その温かさや眩しさは知ってこそすれ、その正体が、太陽であることはまだ知らずにいたのです。それでも、降りそそぐからには、それは自分のずっと頭上にあるのだろうということは予想していましたし、知った限りでは、その光や熱はこの森のすべてのものに平等に力を与え、ひとしずくのときがそうであったように、この森のすべてのもの

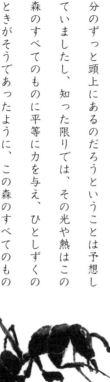

に大きな変化をもたらす偉大なもののようでした。

この頂きについたら、きっとついにぼくも、それを目の当たりにできるのだ。そう気が付いたひとしずくは、心が一気にときめきました。けれどもすぐに、からだをこわばらせ、また悩ましげな様子になりました。なぜって、このときのひとしずくは、この光熱の正体は光り輝く巨大な虫か、光の葉をたくさん茂らせた大樹のようなものだと想像していたので、何と話しかければいいのか、その用意をしなければならないと思い、緊張してしまったからです。

そうです。ひとしずくは、自分の頭上に広がるクマザサの葉や木々の枝葉のそのまた上に、大きな空や浮かぶ雲、夜の星や月があることさえ、まだ何も

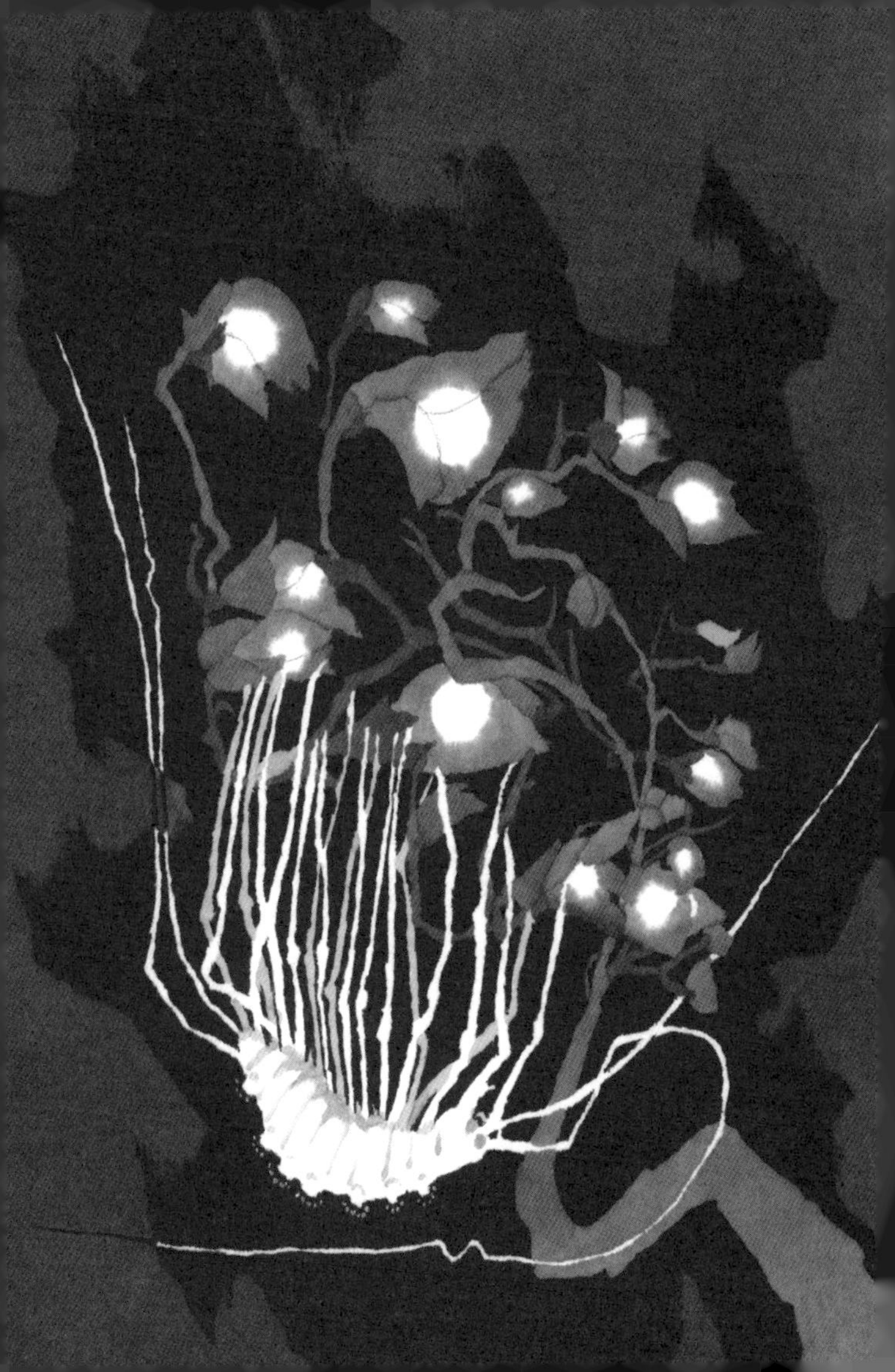

知りませんでした。

太陽を見る。新たな目的がふえたひとしずくは、ひときわ一身に、目的の場所へといそぎました。からだの動かし方にもずいぶん慣れ、さらに揚々と意気込んでいます。自分にとっての始まりの場所からすべてを刮目することが、今のひとしずくの全身の使命であり、生き甲斐でした。

そうして太陽が中天に差しかかるころ、ひとしずくのからだは、ついに到達したのです。

ところがです。ひとしずくが最後の一歩を踏み出したところで、思いがけないことが起こりました。

クマザサの葉をのぼりきったとき、その頂きにてひとしずくを真正面から出迎えたのは、太陽でした。

雲ひとつなく、上空をばたつかせる風たちも休息をとっている時分でした。太陽はひとり、紺碧色の大舞台を大またでぐんぐん闊歩していました。が、そのとき、砂粒ほど小さく星屑ほどか弱い光がちらりと自分に届いたように感じ、ほんの一瞬、足を止めたのです。それは、地上の生物は誰ひとり気が付けぬような、観測すら不能なほどのたった一瞬でありました。が、太陽はその間ずいぶん時間をかけて、その光の源が何であったのか、目を見ひらいて探しました。

すると、ある大きな森のさらに奥の奥から、自分に向けて、光をまっすぐ投げかけてくる小さな何かがいるではありませんか。太陽は、面白いこともあるものだと思い、その存在をじっくり見つめることとしばし、そこには細長い葉の上を一心にのぼってくるひとしずくの姿がありました。太陽は、地上にあのような星などあったろうかと、しばらくのあいだその光の粒に目を留めていました。けれど、それが単なる春の日の雪どけの雫であり、その一滴が、自分の陽光をただ偶然照り返していただけのことだとわかると、満足げにその大きなからだをゆすりました。自分の強大な光が遠く果てしない宙の底まで確かに届いていることがわかって嬉しかったのです。それから太陽は、何事もなかったかのように己の軌道に戻ってゆきました。

一方、その頃のひとしずくは葉の頂きを目の前にして、早くも悦びに打ち震えていました。

ひとしずくは、自分のからだを器用にふるわせ勢いをつけて、ついにクマザサの葉の先端に小さな小さなそのからだをのし上げたのです。ついに、何にも蔽われることなく、この森のすべてを、世界を見ることができる。そういう期待がひとしずくいっぱいに満ちていました。このあと自分の身に何が起こるかなど、自分のために太陽が真正面に待ち受けていることなど、予想できないのも当然ではありませんか。

瞬間、ひとしずくは、真っ白な光にどっと呑み込まれました。

光、光、光。とびきり大きな、ひとしずくの何千億倍かはあろうとも思えるエネルギーのかたまりを力いっぱいぶつけられたような気もしましたし、光線の熱が自分のからだをちりりと焦がしたような気もしました。ちかちかと銀色に明滅しているようにも思えましたが、それは眩暈を起こしたひとしずくの頭の中の光だったのかもしれません。とにかく、ひとしずくには、何が起こっているのかがまるっきりわからなかったのです。圧倒的な光はまぶたの裏まで侵すほどに眩しくて自分が目をつぶらされていることにさえ、ひとしずくは気が付いていませんでした。太陽は、ひとしずくが想定していた力強さをどこまでも超越していました。

ややあって、ようやくひとしずくは目をひらくことができました。けれども同じことでした。自分の目の前に広がるはずだった木々、葉、虫たちその他もろもろ真っ白な光に包まれていて何もかもが見えません。ひとしずくは、自分のからだすら見つけることができませんでした。いつもなら、目を落とせばすぐにぷっくりとした自分のからだが見えるのです。それが今では、光に塗りつぶされてどこにあるのかがわかりませんでした。自分の感覚を頼りに、からだをじたばたとさせてみたり、ゆらゆらと大きく波立たせてみたりもしました。が、光は静寂をたたえたまま照り輝くばかりで、つゆともゆらめかないのです。

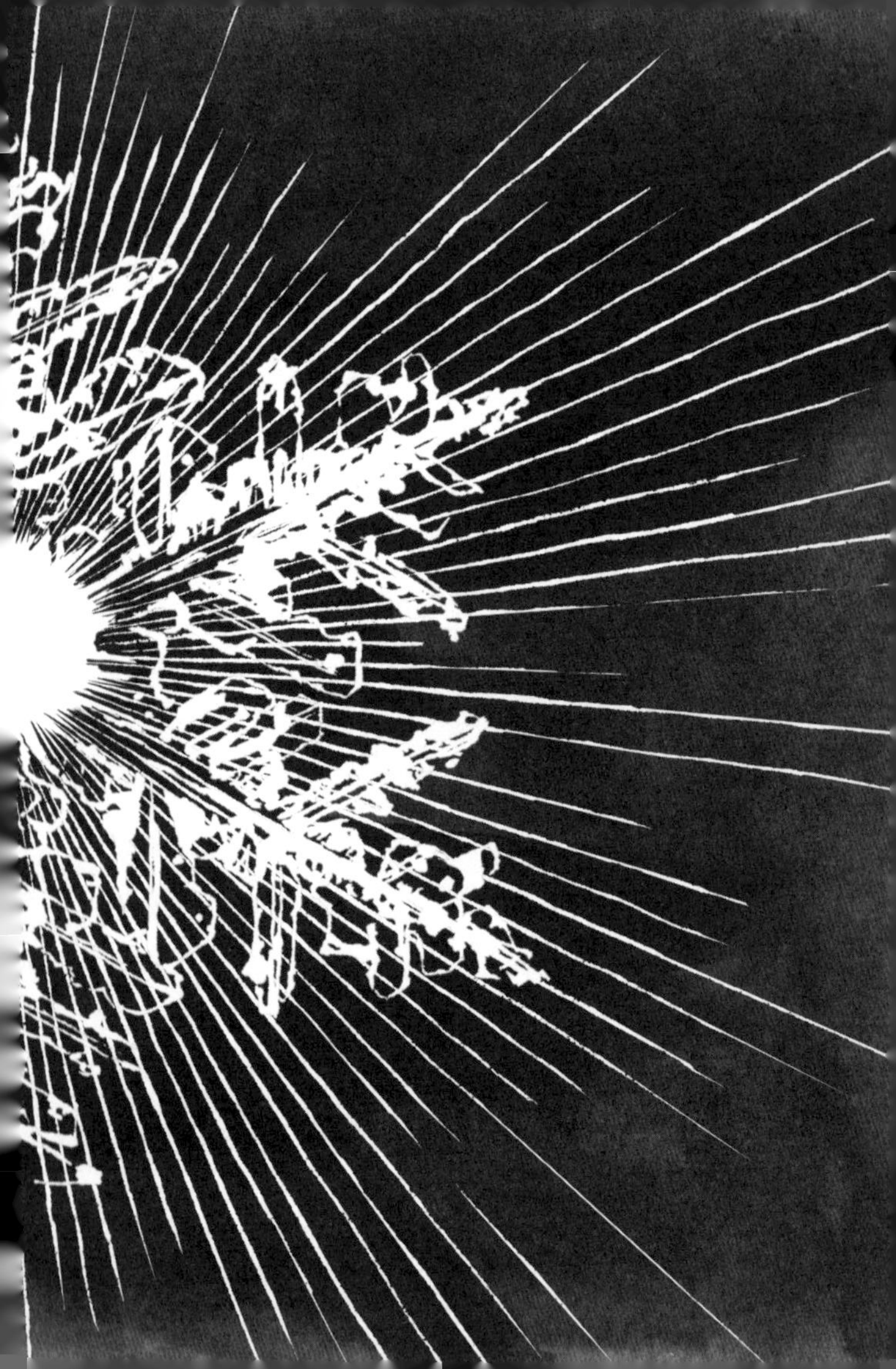

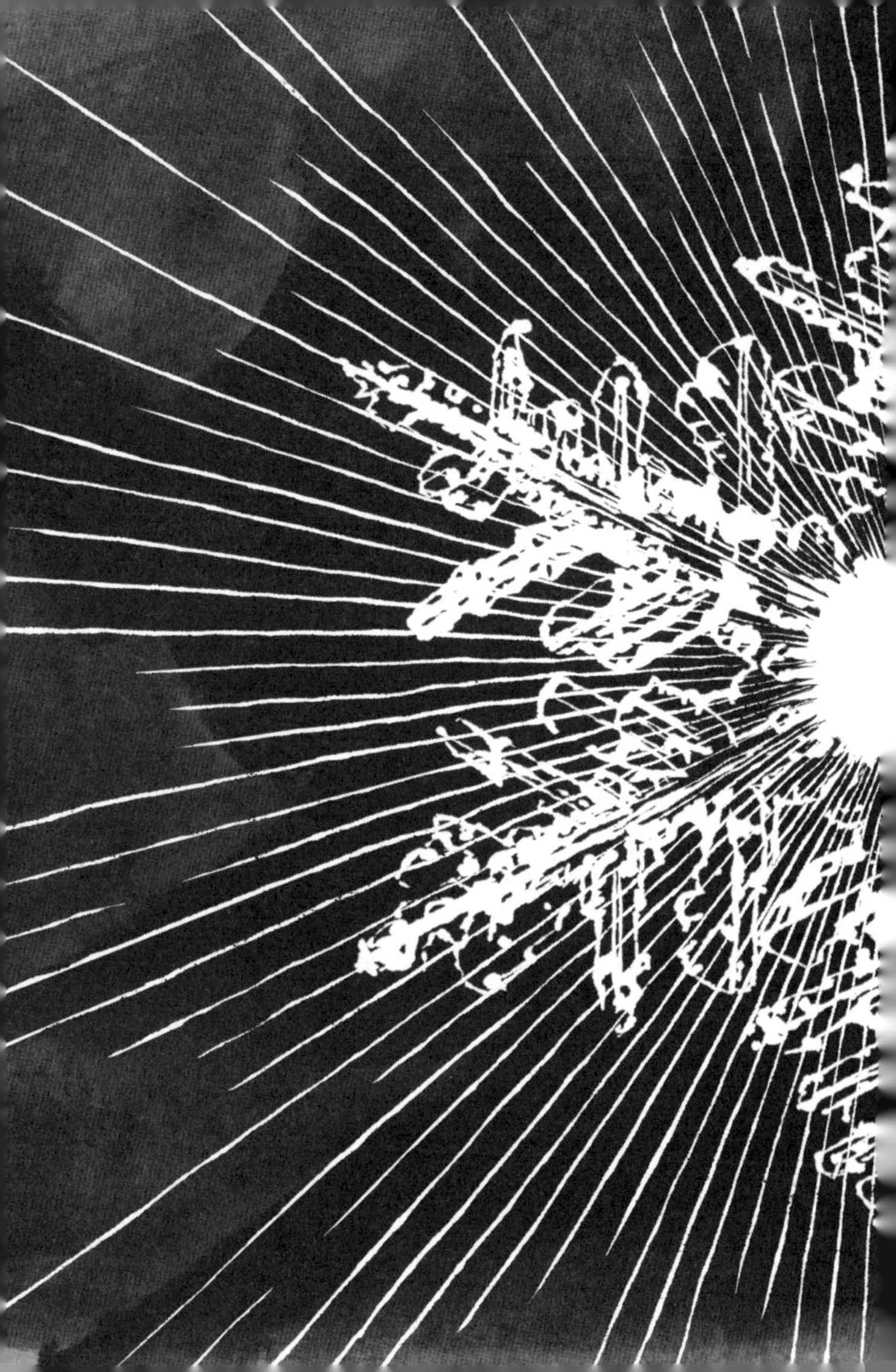

ひとしずくは、ひとりどぎまぎとしていました。これが、ぼくのサヨナラのときなのかもしれないと一瞬よぎってしまったからです。ぼくのからだは見えないのではない。ぼくのからだは、この真っ白な光に溶け込んでしまってもう既にいなくなっているのかも。体感として、この予感はずばり当たっているように思えました。

けれども一方でひとしずくは、これまで感じたことのない特別な温かさが自分のからだの内に灯っていることも感じていました。光に貫かれた瞬間、自分をかすめた光熱の束が自分のからだの内にまで入りこみ、果ては確かな熱となってそのまま留まっているという実感があったのです。

この愛おしさ、くすぐったいような幸福感。

「そうか」

こぼれたことばが光の中にこだましました。

だんだんと、ひとしずくにはわかってきました。この光、優しい光。これこそが、雪の結晶であった頃兄弟たちのからだを透かしてぼくを見つめてくれていた、あの太陽なのだということを。

はじめこそ慌てたものの、このことはひとしずくの心をずいぶん安心させました。

ひとしずくのまわりの真っ白い光線が、少しだけやわらいだ気がしました。

ぼんやりとですが、森の木々たちの気配がじんわりと浮かんできます。ひとしずくのからだも、光の中でうっすらと見えてきました。はじめはか細く、しかし次第にはっきりと現れ出てきたひとしずくの透明な輪郭が、クモの糸のような繊細さで細《こま》やかに光を捉えてはちらちら輝いています。もたらされた熱の源はとても心地よく、その余韻にひとしずくの心は満たされていました。

とりまく光は徐々に落ち着き、白から白銀、そして黄金色へと変わってゆきました。ひとしずくは、不思議なものでも見るように自分のからだを透過する光の移ろい、その美しさに見とれていました。

その中に、ひとしずくは見つけたのです。

「虹色!」

ひとしずくは自分のからだを抱きしめました。黄金射す光の中で、ぷるぷるとはちきれんばかりに喜びにふるえるありのままのひとしずくが、きらきらと無限に輝いてそこにいるのでした。

光の洗礼にも慣れ、ひとしずくは目をしばたかせていました。淡く、おぼろげな光の靄がみるみるうちに冴えわたってゆきます。

ひとしずくはついにもう一度、自分が生まれた世界をその目で見る機会を得たのです。

「目を、ひらいているほうが、面白い」

だから今度こそ。ひとしずくは、自分の中にある光の体温をからだの内に抱きとめながら、いつものことばを口ずさみ、ふふふと嬉しそうにほほえみました。

――そこは、とてつもなく広い世界でした。

ひとしずくは、初めて本当の空を知りました。クマザサの葉をのぼっているとき、眼下に見える雪解けの水たまりに、もうひとつの水面のような、壮大な何かが映っていることは知っていました。しかしそれらはどれも銀鼠色をしていて草木の影も生来の鮮やかさが消え黒ずんで映っていたために、ひとしずくの心はあまり惹かれなかったのです。ところが、目の前に広がる本当の空の色といったらどうでしょう。沁みわたる青。春の青。ぼくが雪の中で眠っていたときにも、こんなにきれいな色が真上に広がっていたなんて、とひとしずくは思いました。

意外だったのは、太陽でした。あの光に充てられたとき、太陽の正体は、虫でも大樹でもなく、とてつもなく大きな光の渦であって、それが世界全体を覆っているのだと思ったのです。そう信じ込むに足る経験をひとしずくはしました。けれども実際には、空に浮かぶ太陽は思っていたよりずいぶん小さな球体でした。この世界のあらゆることが、あれほど小さな太陽を中心にめぐっている。このことが、ひとしずくにはとても不思議でなりませんでした。

しばらく空を見上げていたひとしずくでしたが、目の端に碧く光る何かが動いているのを捉えると、導かれるように視線を地上へと移しました。その碧きものは、一目で夢中になるほどに美しい翡翠色の鳥でした。が、ひとしずくはすぐにそれどころではなくなってしまいました。その鳥の背後に広がる森の姿にすっかり心を奪われて、目が離せなくなっていたのです。

そこは、とてつもなく美しい世界でした。

たくさんの生き物たちがうごめき、生気にあふれ、森全体が満ち満ちていました。かつて目の前に堂々と屹立《きつりつ》したであろうブナの樹は今では小さなひとしずくの眼下にまで傾いていました。光を遮るものが何ひとつなくなった森一面が、

春の準備をいっせいにととのえ、芽吹いています。何千種もの新緑色が春風に戯れ、萌木の枝先は可愛らしい桃色を次々と芽ぐみ、春のうたかたがそこら中にこぼれています。空からふりそそぐ陽光は、潤んだ湿気や悦びの空気、あちこちで群れ広がる葉の艶やかな照りや、雪解けの雫に幾重にも反射して七色以上に輝いています。ひとしずくは、自分がこの世界でもっとも美しい時間に生まれたことを知りました。

ずいぶん長いあいだ、ひとしずくはその光景に見とれていました。悠久と思われるこの時間を見るにつけ、あのとき葉の縁からよじのぼったのはこの瞬間のためだったのだと心の底から思いました。

ひとしずくの透明なからだは、この世界の有様をはじめからおわりまですべて鮮明に映していました。それだけでなく、森中を駆ける陽光をからだ中に幾度となく透過させ、屈折させ、反射させてはこの森の美しさに一役与《くみ》していました。けれどもこのことは、ひとしずくの知らないことでありました。

ふと、ひとしずくはクマザサを見上げました。何となく、クマザサもこの景色を見ているかしらと気になったのです。

クマザサは、最後のひとふんばりをもうとっくに終えたようで、強かなる呼吸で早くもこの森を支えていました。先の春と同じく茎や枝をすっくと立ちのぼ

おわり

〈著者紹介〉
今明さみどり（いまあけ さみどり）

岩手県在住。1987年生まれ。
演劇をツールとしたコミュニケーション学習の小中学校講師、ローカルプロジェクトディレクターを経て、現在は県内の文化芸術の後進育成などに従事。

著書に『ひとひと』文芸社、2020年（うみやまのあいだ、あめつちのからだ名義で出版）

フィールドワークと執筆の記録
「うみやまのあいだ、あめつちのからだ.com」

ひとしずく

2023年２月20日　第１刷発行

著　者　　今明さみどり
発行人　　久保田貴幸

発行元　　株式会社 幻冬舎メディアコンサルティング
〒151-0051　東京都渋谷区千駄ヶ谷4-9-7
電話　03-5411-6440（編集）

発売元　　株式会社 幻冬舎
〒151-0051　東京都渋谷区千駄ヶ谷4-9-7
電話　03-5411-6222（営業）

印刷・製本　シナジーコミュニケーションズ株式会社
装　丁　　弓田和則

検印廃止

Printed in Japan
ISBN 978-4-344-94295-0　C0093
幻冬舎メディアコンサルティングＨＰ
https://www.gentosha-mc.com/